MYFI

LLYGODEN YR HEDDLU

Chwareus, bywiog

TALENT ARBENNIG:
Chwim dros ben

MOLI

PENNAETH YR ARWY
ARGYFWNG

Arweinydd cryf,
ffrind i bawb

TALENT ARBENNIG:
Chwibanu'n uchel

MORUS

LLYGODEN Y BAD ACHUB

Doniol, cyfeillgar

TALENT ARBENNIG:
Naid hir

MIRI

Y LLYGODEN ACHUB MYNYDD

Hapus, heulog

TALENT ARBENNIG:
Dringo'n gyflym, gyflym

RWYR YFWNG

MOCI

Y LLYGODEN ACHUB ANIFEILIAID

Caredig, meddylgar

TALENT ARBENNIG:
Naid uchel

MABLI

LLYGODEN YR AMBIWLANS

Gofalgar, cysurlon

TALENT ARBENNIG:
Dwylo a gafael cryf

MED

LLYGODEN YR INJAN DÂN

Gofalus, gwyliadwrus

TALENT ARBENNIG:
Cerdded ar raff

ARWYR ARGYFWNG
A'R HEDDLU

Craig Russell a Caryl Parry Jones

LLUNIAU
Jacob Fell

Carreg Gwalch

Mae hi'n fore tawel ym mhencadlys y Llygod Argyfwng.
Mae'r llygod wedi diflasu'n llwyr, a dweud y gwir!
Dydyn nhw ddim yn rhy hoff o wneud dim.
Mae'n llawer gwell ganddyn nhw fod allan yn helpu pawb.

CHWYRNU
O!
Mae hyn mor
ddiflas!

Yn sydyn mae'r Ffôn Argyfwng yn canu.

Daw llais blin iawn drwy'r seinydd.

Y Farwnes Petiwnia Brwsh-Beudy Huws sydd yna. Mae hi'n ffonio BOB DYDD ond does yna ddim o'i le byth!

Mae'r Farwnes Petiwnia Brwsh-Beudy Huws yn byw mewn plasty anferth gyda'i phŵdl, Blodeuwedd.

Mae hi wedi ffonio'r heddlu hefyd ac mae PC Trwmped yn disgwyl yn eiddgar i'r llygod gyrraedd.

Mae'r Farwnes Brwsh-Beudy Huws yn mynnu bod pawb yn ei dilyn i un o'i gerddi. Mae ganddi syniad go dda pwy yw'r lleidr.

Mae hi'n credu mai Jim y Garddwr ydi o.

Ond does gan Jim druan ddim syniad am beth mae hi'n sôn!

Mae'r ddau blismon yn gwneud fel mae'r Farwnes yn ei ddweud, ond maen nhw'n siŵr ei bod hi wedi gwneud camgymeriad.

Mae Jim yn ddyn da a charedig, ond mae hi'n mynnu mynd â phawb i leoliad y lladrad.
Paid â phoeni, Jim. Bydd y Llygod Argyfwng yn datrys hyn.

Mae Moli'n un sy'n cadw at ei gair ac mae hi'n benderfynol o brofi bod Jim yn ddieuog.

Mae hi'n dweud wrth y llygod am fynd i wahanol gyfeiriadau i chwilio am gliwiau. Ble mae'r mwclis yna, dwedwch?

W ie!
Ella ei bod hi wedi
gollwng y mwclis
i lawr y tŷ bach!
A Mabli
a mi y ffordd
hyn.

Mae'r Farwnes yn mynd â'r ddau blismon, Moli a Jim i'w hystafell wely hynod o grand.

Mae'n llawn dodrefn drud a llenni trymion, a mwy o ddiemwntau na sêr y nen!

Fydda i 'nôl mewn chwinciad!

Mae'r Farwnes yn dal yn benderfynol mai Jim yw lleidr y mwclis. Ond does dim byd i brofi bod hynny'n wir. Sut allai Jim fod wedi ei ddwyn?

Mae Moli wedi rhedeg i ben y cwpwrdd dillad i gadw llygad ar y sefyllfa. Yna, mae hi'n codi ei set siarad at ei cheg ac yn galw'r llygod eraill.

Sdim coeden yn rhy uchel na changen yn rhy fain i Miri!
Mae gofyn am dy sgiliau di yn fa'ma, Miri!
Ac rydyn ni'n gweld rhywbeth gloyw.
Yn y goeden tu allan i'r ffenest.

Fel y gwyddon ni i gyd, talent arbennig Miri ydi dringo. Mae hi'n gallu rhedeg i ben coeden fel mellten!

Wrth iddi ddringo'n uwch mae hi'n gweld nyth. Yn y nyth mae mwclis perlau, modrwy, clustlysau, breichled a choron ddiemwnt, ac mae Miri'n clywed chwerthin cras yn dod o big ... PIODEN!

Mae Moli'n llwyddo i neidio o sil y ffenest i mewn i'r nyth.
Mae'r bioden yn edrych yn hynod o euog.

Mae pob pioden wrth ei bodd efo pethau disglair, ond mae Moli yn dweud wrth y bioden na ddylai hi ddwyn pethau sydd ddim yn perthyn iddi hi.

Mae'r Farwnes yn sgrechian mewn braw pan mae hi'n gweld pioden yn hedfan i mewn i'w hystafell wely.

Mae hi'n cael sioc FWY pan mae hi'n gweld pig y bioden yn llawn tlysau gwerthfawr!

Ydi,
dwi'n addo.

Wel am ddiwrnod! Mae'r Farwnes yn ymddiheuro i Jim ac yn dweud wrtho am gymryd wythnos o wyliau.

Mae Jim yn gwneud paned o de i bawb a llond plât o fisgedi blasus. Mae hefyd yn dweud wrth y bioden y caiff hi nythu yn ei sied a chael y papur gloyw sydd am frechdanau Jim bob dydd i'w chadw'n hapus.

Tair bloedd i'r Llygod Argyfwng! Hip Hip ...
HWRÊ!

Dylunio: Eleri Owen

Rhif Llyfr Safonol Rhyngwladol:
978-1-84527-947-9

CYNGOR LLYFRAU CYMRU
Cyhoeddwyd gyda chymorth Cyngor Llyfrau Cymru

Cyhoeddwyd gan Wasg Carreg Gwalch,
12 Iard yr Orsaf, Llanrwst, Dyffryn Conwy, Cymru LL26 0EH
Ffôn: 01492 642031
e-bost: llyfrau@carreg-gwalch.cymru
lle ar y we: www.carreg-gwalch.cymru

Argraffwyd a chyhoeddwyd yng Nghymru